ORDRE DES VACATIONS

Lundi, PREMIÈRE VACATION :

Ornements...............	1 à 22
Écoles diverses anciennes..	23 à 191

Mardi, DEUXIÈME VACATION :

Portraits.................	192 à 277
École XVIIIe siècle.........	278 à 324
Pièces en couleur.........	325 à 340
Miniatures et Dessins......	341 à 410

Tous les lots ne formant pas suite complète pourront être divisés.

Nous avons conservé le lotissement de l'amateur. ainsi que ses attributions pour les Dessins.

CONDITIONS DE LA VENTE

Au comptant.

Cinq pour cent en plus des enchères applicables aux frais.

M. VIGNÈRES, dirigeant la Vente, se charge des Commissions.

NOTA. Toute commission sans prix fixé ou sans limite déterminée sera regardée comme nulle.

M. VIGNÈRES se charge de faire marquer les prix aux Catalogues des ventes qu'il a faites. Les personnes qui le désirent peuvent s'adresser à lui *franco*.

AVIS. — Nous prions MM. les Amateurs éloignés de ne pas attendre au dernier jour, pour quo les lettres arrivent le matin de la vente ; ils comprendront que quelques lettres peuvent se lire, mais de 20 à 50 lettres, c'est difficile.

184e

(184e)

CATALOGUE
D'ESTAMPES

DES

ÉCOLES ANCIENNES

Allemande, Flamande, Hollandaise, Française et Italienne

PORTRAITS

ÉCOLE DU XVIIIe SIÈCLE

Costumes, Ornements, Caricatures

DESSINS ANCIENS

DONT LA VENTE AURA LIEU

HOTEL DES COMMISSAIRES - PRISEURS

Rue Drouot, 5

SALLE No 3, AU PREMIER ÉTAGE

Les Lundi 11 et Mardi 12 Janvier 1864

A UNE HEURE PRÉCISE.

Me **DELBERGUE-CORMONT**, Commissaire-Priseur,
rue de Provence, 8,
Assisté de M. **VIGNÈRES**, Marchand d'Estampes,
rue de la Monnaie, 13, à l'entresol, entrée rue Baillet, 1,
Chez lequel se distribue la présente notice.

EXPOSITION PUBLIQUE

Le Dimanche 10 Janvier 1864, de 1 à 4 heures.

—

PARIS — 1864

184e

PORTRAITS EN BISTRE

Collections de Portraits inédits ou rares de Personnages célèbres

REPRODUITS NOUVELLEMENT PAR LA GRAVURE

Publiés par VIGNÈRES, Md d'Estampes

Rue de la Monnaie, 13, à l'entresol, entrée rue Baillet, 1.

Albany (Louise-Max. de Stolberg, comtesse d').	Gravée par Varin.
Amoros, colonel, fondateur de la gymnastique en France.	id.
Argout (Antoine-Maurice-Apollinaire, comte d').	J. Porreau.
Babeuf (F.-N.-Gracchus), journaliste.	id.
Barère (Bertrand), de Vieuzac, conventionnel.	id.
Beauharnais (comtesse Stéphanie de), poète, romancière.	Sisco.
Berruyer, général, commandant des Invalides.	J. Porreau.
Bertrand de Molleville, marquis, ministre, littérateur.	id.
Bièvre (marquis de), célèbre auteur de calembourgs.	id.
Blanchard (Madeleine-Sophie-Armand, Madame), aéronaute.	id.
Bonjour (Casimir), auteur dramatique.	id.
Borghèse (Camille-Philippe-Louis), prince.	id.
Bossut (Charles), mathématicien.	id.
Brazier (Nicolas), auteur dramatique, d'après Marlet.	id.
Brissot (J.-P.), de Varville, conventionnel.	id.
Canclaux (J.-B. Camille, comte de), général, pair.	id.
Cayla (comtesse de), née Talon, d'après le baron Gérard.	Massard.
Clouet dit Janet, (François), peintre de portraits.	J. Porreau.
Cochon, comte de l'Apparent, conventionnel, ministre.	id.
Debureau, acteur des Funambules, Pierrot.	id.
De Fermont (comte), député, conseiller d'État.	id.
Devienne, actrice, Théâtre-Français.	Normand.
Donadieu, baron, général de division.	J. Porreau.
Dorat-Cubières-Palmezeaux, poète, auteur dramatique.	id.
Droz (Joseph), littérateur, académicien.	id.
Duchesne aîné, conservateur du cabinet des estampes.	id.
Ducos (Roger), avocat, constitut., 3e consul provisoire.	id.
Élie de Beaumont, avocat au Parlement de Paris.	Devritz.
Empis (Adolphe), auteur dramatique.	J. Porreau.
Epagny (d'), poète dramatique.	id.
Fabre de l'Aude (comte), député, pair, littérateur.	id.
Fievée (J.), littérateur, auteur dramatique.	id.
Fréron (Louis-Stanislas), conventionnel.	id.
Frochot, comte, préfet, député.	id.
Garnerin (A.-J.), inventeur du parachute.	id.
Garnerin (Élisa), aéronaute.	id.
Gaudin, duc de Gaëte, ministre des finances.	id.
Genlis (A. Brulard, comte de), cap. des gardes, convent.	id.
Geoffroy (J.-L.), critique, journaliste.	id.
Godoi (don Manuel), prince de la Paix.	Varin.
Gouffé (Armand), chansonnier, vaudevilliste.	J. Porreau.

Guimard (Mademoiselle), danseuse.	J. Porreau.
Jouffroy (Théodore-Simon), professeur, académicien.	id.
Jousselin de Lasalle, homme de lettres.	id.
Kant (Emmanuel), philosophe allemand.	Bracquemond.
Lacalprenede (Gauthier de Costes, seign. de), romancier.	Varin.
Lainé (J.-H., vicomte), ministre et académicien.	J. Porreau.
Lamballe (princesse de), dess. d'ap. nature par Gabriel,	id.
Lasource (M.-David-Albin de), député du Tarn.	id.
Lavallière (L.-F. de la Baume, duchesse de).	id.
Lucotte (Edme-Aimé), lieut.-général, comte, né à Dijon.	id.
Marat, à la tribune, dess. d'après nature par Gabriel.	id.
Martin (Louis-Aimé), littérateur.	id.
Maurepas (J.-Fréd. Phelypeaux, comte de), ministre.	Varin.
Mazères (Édouard), auteur dramatique.	J. Porreau.
Mesmer, auteur du magnétisme animal.	id.
Mézerai, actrice, Théâtre-Français.	Normand.
Orléans, duc de Montpensier (Ant.-Philippe d'), 1773-1807.	J. Porreau.
Persuis (L. Loiseau de), musicien, d'ap. Pierre Guérin.	id.
Petiet (Claude), député, ministre de la guerre.	id.
Philidor (André-Danican), musicien, auteur du jeu d'échecs.	id.
Pilon (Germain), sculpteur, 1550.	id.
Pixerécourt (Guilbert de), fac-simile, d'après J. Boilly, in-4.	id.
Pongerville (Samson de), académicien.	id.
Pontus de la Gardie, général en Suède.	id.
Ramel-Nogaret, ministre des finances, préfet.	id.
Reveillère-Lepaux, botaniste, théophilanthrope.	id.
Robert-Lindet, député, conventionnel, ministre.	id.
Romme (Gilbert). conventionnel.	id.
Rouget de L'Isle, auteur de *la Marseillaise*, musicien.	Varin.
Saint-Huruge (marquis de).	J. Porreau.
Saint-Prix, acteur, Comédie-Française.	id.
Saint-Simon (Claude-H., comte de), philosophe.	Perrot.
Silvain Maréchal, poète et littérateur.	Devritz.
Tallien (Madame), née Cabarus, d'après le baron Gérard.	Massard.
Treilhard (J.-B., comte), député, ministre, etc.	J. Porreau.
Tronson du Coudray, avocat, du Conseil des Anciens.	id.
Vadier (A.), député aux États-Généraux.	id.
Vatout (J.), poète, académicien, bibliothécaire.	Varin.
Vigée (L.-G.-B.-E.), poète et auteur dramatique.	J. Porreau.
Cartouche (Louis-Dominique), fameux voleur.	Lallemand.
Mandrin (Louis), fameux contrebandier.	Delaistre.

Chaque portrait pouvant entrer dans un in-8° est tiré in-4°.
Avec la lettre, papier blanc, 1 fr.; papier de Chine, 1 fr. 25 c.
Avant la lettre, papier blanc, 1 fr. 50 c.; papier de Chine, 2 fr.
Dont il n'est tiré que 20 épreuves blanc et 5 Chine.

Afin de faciliter les recherches des Amateurs de portraits, soit pour les illustrations, soit pour les collections d'autographes ou autres, *deux Catalogues détaillés* de quelques collections de portraits qui peuvent se trouver chez moi, classés par ordre alphabétique, seront remis aux personnes qui en feront la demande affranchie.

Renou et Maulde, imprimeurs de la Compagnie des Commissaires-Priseurs, rue de Rivoli 144. 27755

DÉSIGNATION

ORNEMENTS

1 Arabesques, meubles d'Oppenort, frises, etc. 13 p.

2 Arabesques, de Mondon, Watteau, les armes de Mme de Pompadour soutenues par des amours, etc. 14 p.

3 Vases d'après divers. **18** p.

4 **Babel**. Grands entourages de texte des fêtes de Louis XV. **3** feuilles à **2** sujets au recto et au verso.

5 **Baptiste**. Corbeilles, vases et bouquets de fleurs. 13 p.

6 **Berain**. Panneaux et cheminées. **4** feuilles à deux motifs. Très-belles ép.

7 — Panneaux d'arabesques très-riches. **11** p., deux lots.

8 **Cuvilliers**. Caprices pour dessus de portes avec entourages rocaille. Riches. **7** p.

9 — Plafonds. **6** feuilles à deux motifs par quarts. Très-riches compositions.

10 **Dieterlin**. Portes, niches, colonnes et autres décorations d'architecture. **16** p.

11 **Ducerceau** (Androuet). Vases, amphores, burettes, etc. **11** p. d'une grande richesse.

12 **École de Fontainebleau.** Burette ornée d'écrevisses, où est représenté le déluge. Belle pièce, 1543.

13 **Forty** et autres. Vases divers. 9 p.

14 **Gravelot** et autres. Vignettes, allégories. 6 p. Superbes.

15 HAP (Monogramme). Le Christ dans un entourage d'orfévrerie orné de figures. Très rare.

16 **Lepautre.** Suite de 6 feuilles à deux sujets de frises, feuillages et tritons. Très-belles épreuves, marge.

17 — Frises, vases, cheminées, etc. 13 p.

18 — Scène du sacre du roi. — Le roi couronné par saint Louis reçoit des lauriers de la Vierge. Au fond le siége d'Arras. — Titre du Neptune français, d'après Berain. 3 grandes p.

19 **Marot** (Jean). Grands et petits vases. 7 p.

20 **Picart** (B.). Cahier de six feuilles, petites réductions, d'après Watteau, etc. Superbes ép., toute marge.

21 **Pineau.** Suite de plafond. 6 p.

22 **Ranson**. Dessus de fauteuils, arabesques, panneaux, lit dans son alcôve, etc. 9 p.

ÉCOLES DIVERSES ANCIENNES

23 **Alberti** (Chérubin), Saint Jean-Baptiste. B. 67. D'après Michel-Ange.

24 **Almeloven**. Paysages à l'eau-forte. 7 p.

Michel [illegible]

Girolas-

Horguet 6.

[illegible] 2 ~~Marmorata 10~~ ~~anatomie~~

Mennam 15 50

Dug 20
Mrisiach 12

25 **Baillu** (P. de). Le Christ flagellé, d'ap. Diépenbeke. Sup. ép. avec Martin Van den Enden.

26 **Bega**. La mère et son mari, B. 30. — Deux buveurs et une femme par *C. Vischer* d'ap. Ostade. 2 p.

27 **Beham** (H. S.). Trajan, B. 82. Superbe ép.

28 **Bein**. Les bulles de savon, d'ap. Netcher. Sup. ép. avant toute lettre, toute marge.

29 **Bemmel**. Paysages à l'eau-forte, 6 p.

30 **Boissieu**. La leçon d'anatomie. Épreuve sur Chine, du cabinet de M. Revil.

31 — Le vielleur de la main droite et de la main gauche, feuille de croquis à la tête de Pope russe, paysage au chasseur. 4 p. sup. ép. anciennes.

32 — Le charlatan, temple du soleil, entrée d'une forêt. 3 p. anciennes et très-belles ép.

33 — Les grandes vaches, 1re et très-rare ép. avant que la planche soit terminée.

34 **Bolswert** (S. à). Paysages d'ap. Rubens. 5 p.

35 — Vierge Jésus et sainte Catherine d'après Van Dyck. — Annonciation d'après Rubens. Très belle. — Les filles d'Aglaure découvrant la corbeille, pièce gracieuse par *Sompel*.

36 **Bonnart**. Vénus, Pallas, Clotho, Atropos, l'âge d'or et d'argent. 6 p.

37 — Le feu, la terre, les sens. 5 p. Costumes époque de Louis XIV.

38 — Béatitude, femme de qualité étant à sa toilette, le matin, l'architecture, Livie, etc. 6 p.

39 — Les cinq sens. 5 p.

40 **Bosse** (A.). La signature du contrat, chez Leblond.

41 — Le Repas des dames. Jolie pièce, chez Leblond.

42 — Les vierges sages dormant. Superbe ép. — Les vierges sages reçues par l'époux. — Vêtir les nuds. 3 p. chez Leblond.

43 — La joie de la France, pour la naissance du dauphin.

44 — La marche et la cérémonie des chevaliers du Saint-Esprit. 2 p. Très-belles.

45 **Both** (Jean). Les deux vaches au bord de l'eau, B. 8. Superbe ép. avant le nom, cab. Debois.

46 **Bry** (Th. de). L'âge d'or. Pièce ronde d'après Bloemaert.

47 **Bye** (Marc de). D'après Potter, sujets de chasses. 4 p. Très-belles ép.

48 **Callot.** Adoration des mages 92, Hommage de saint Jean 93, Résurrection 95, Assomption 96, costumes. 10 p.

49 — Nouveau Testament, M. 47 — 9 p. dont plusieurs en 1er état.

50 — Vie de l'Enfant prodigue (53-63). Suite complète de 11 p. Très-belles ép.

51 — Les Pénitents et Pénitentes (147-152). Suite complète de 6 p. Très-belles ép.

52 — Le jeu de boule (623) ou foire de Gondreville.

53 — Vue de la tour de Nesle (714).

54 **Canaletti.** Porte del Dolo, Pra della valle, le Goorre del Dolo, etc. 6 p. à l'eau-forte

55 **Dietricy.** Vénus et amours, paysage. 2 P.

Sol. 10

Hocquet 6 Sol. 10
Sol. 15

Duny 40 Bouclot 35

Behague 15 Mangin 15

Hocquet 5

Sol.	15	Drug	20
Drug	35	Hoquet	8
Drug	30	.	8
Drug	40	.	8
		.	8
Sol.	[illegible]	Hoquet	10
		Hoquet	[illegible]
		Hoquet	8
		.	8

nat

Drug 25

Drug 2 50
di plus papier bleu [illegible]

56 **Dujardin** (Karel). Les cochons. B. 15 avant le numéro, autre ép. avec le n°. 2 p.

57 **Durer** (A.). La Vierge à la couronne d'étoiles et au sceptre. B. 32. Collection Donadieu.

58 — Saint Jérôme dans sa cellule. B. 60.

59 — La sorcière. B. 67. Superbe ép.

60 — L'Oisiveté. B. 76. ép. relevée d'encre de Chine dans les ombres.

61 — L'Oriental et sa femme. B. 85 Très-belle ép.

62 — Les offres d'amour. B. 93.

63 — Le seigneur et la dame. B. 94. Belle.

64 — Les armoiries à la tête de mort. B. 101, doublée.

65 **Durer**. Bois, le corps de Jésus-Christ pleuré par la Vierge et les saintes femmes. B. 13.

66 — La rédemption des ancêtres. B. 14.

67 — La résurrection. B. 15.

Ces 3 pièces sont sans texte au verso.

68 **École de Fontainebleau**. Adam et Ève, le jeune homme buvant dans un seau, cariatide, adoration de la fortune, les vices renversés. 5 p.

69 **Edelinck**. Sainte Famille d'après Raphaël. Très-belle ép. Les armes effacées, marge.

70 **Everdingen**. Paysages à l'eau-forte. B. 30, 35, 43. 44, 51, 74, 83, 90, 94. — 9 p.

71 **Falck**. Adoration des bergers d'après Palma. Superbe ép. avant toute lettre, marge.

72 — Mariage de sainte Catherine. Avant toute lettre, d'après P. Véronèse, marge.

73 — Vision de saint Pierre. Avant toute lettre.

74 **Fialetti** (Odoardo), Scènes de Vénus et l'amour. 14 p. à l'eau-forte, suite complète.

75 **Flamen**. Seconde suite de poissons de mer. R. D. 463-474. Superbes ép. avec les nos. 12 p.

76 **Francisque**. Paysages, Simon exud. 6 p.

77 **Gellée** (Claude-Lorrain). Passage du Gué. R. D. 3.

78 — La danse sous les arbres. R. D. 10.

79 — Scène de brigands. R. D. 12.

80 — Le pont de bois. R. D. 14.

81 — Campo Vaccino. R. D. 23.

82 **Ghisi** (Georges). Vénus, Vulcain et les amours. B. 35.

83 **Goltzius** (d'ap.). Hercule assommant Cacus. Très-beau camaïeu de trois planches.

84 **Goya**. Un BACO, scène bachique, d'ap. Vélasques.

85 **Grimaldi** dit Bolognese. Paysages. B. 19, 23. 2 p.

86 **Hagedorn**. Paysages à l'eau-forte. 7 p.

87 **Hollar**. D'ap. P.-V. Avont. Scènes d'enfants, petit Bacchus, jouant avec chèvres, tigres, etc., le titre et le portrait. 9 p.

88 — 1641. Les Saisons, jolies dames à mi-corps en costumes de l'époque. Belles ép.

89 **Humbelot**. La jeunesse, l'âge viril, la vieillesse. 3 p. d'intérieur dans le genre d'A. Bosse.

90 **Kolbe**. Paysages et sujets arcadiens, d'après Gessner. 12 p.

91 **Krug** (L.). L'adoration des rois. B. 2.

92 **Laguiet**. Proverbes curieux et rares. 6 p.

Horguer 14

Dmy. — 30

Dmy. 2 50

Dmy 2 50 Michel. 3.

Duq 30 Horquet 12

. cher 10

. cher 10

Horquet 9

Givelet

Duq 7

. ugin .

Duq 25

Horquet 13

Wimes 32

93 **Leyde** (Lucas de). La Vierge et Jésus, assise dans un paysage. B. 84. Très-belle ep.

94 — La conversion de saint Paul. B. 107.

95 — Saint Christophe. B. 108. Belle.

96 — Joseph, 22. — Saint François, 120. — Les gueux, 143. 3 p.

97 **Maillot** (chez) Sacre de Louis XV à Reims, grande pièce avec quatre petites scènes des différentes cérémonies de chaque côté.

98 **Matham** (J.). Les marchés, le poisson. B. 165.— Gibier et volaille, 166. — Fruits et légumes, 167. 3 p. Sup. ép.

99 **Mauperché.** Retour de Ragès. R. D. 5. — La pêche aux écrevisses, 48. Ces deux pièces très-belles ép. en 1er état.

100 — L'ange luttant contre Jacob, 1. — Supplice de Marsyas, 27. — 2 p. Belles et rares.

101 — La fontaine monumentale, 49. — Le monument ionique par Goyrand d'après Mauperché. 2 p.

102 **Mecken** (I. de). Saint Mathieu et saint Simon à mi-corps dans une niche. B. 84. Le formulaire es coupé.

103 **Meulen** et autres (D'ap. V. der). Paysages par Baudouin, Genoels, etc. 13 p.

104 **Meyeringh** (A.). Le mausolé. B. 8. — Le pont de bois. B. 23. — 2 p. très-belles.

105 **Morin**. La paysanne en marche. R. D. 105. Très-belle.

106 **Naiwjncx** (H.). Le grand rocher. B. 6. Très-belle ép.

107 — Le torrent entre deux rochers. B. 14. Très-belle ép.

108 **Natalis**. Repos en Egypte à la cuve. Superbe ép. avant la lettre.

109 **Ostade**. Le fumeur, ovale. B. 5. — Gueux au dos courbé. B. 20. — Gueux debout les mains derrière le dos. B. 21. 3 p.

110 — L'homme et la femme causant ensemble B. 12. 2 ép. de différents états.

111 — Les fumeurs. B. 13. 2 ép. de différents états.

112 — La cruche vide. B. 15.

113 — La poupée demandée. B. 16.

114 — La poupée demandée. B. 16.

115 — L'école. B. 17.

116 — Le fumeur et le buveur. B. 24. a. 2 ép. de différents états.

117 — Le savetier. B. 27. — La fileuse. B. 31. 2 ép.

118 — Les deux commères. B. 40.

119 — Les deux commères. B. 40.

120 — La danse au cabaret. B. 49.

121 **Poilly**. Sainte famille au berceau, d'ap. Raphaël. Superbe ép.

122 **Poilly** (F.). La fuite en Egypte, d'ap. Guido Reni. Très-belle ép.

123 **Poussin** (D'ap.). Moïse sauvé, par Rousselet. — Adoration du veau d'or, par Baudet. 2 p.

124 **Rembrandt**. Son portrait aux trois moustaches. B. 2. Belle ép.

125 — Le denier de César. B. 68.

126 — La samaritaine. B. 70. Très-belle ép.; papier du Japon avec des barbes, le nom et l'année.

Drug 40

August 3 a 10

Drug 75

Drug 25
: belle 60.

Horques .0

Drug .10
oreille 100.
Delaplanche

Drug 18

Drug 13.50

127 — Les disciples d'Emaüs. B. 87.

128 — Le bon samaritain. B. 90. Avec le nom et l'année.

129 — Saint Jérôme. B. 102.

130 — Chasse au lion. B. 115. Très-belle ép.

131 — Chasse au lion. B. 116. Très-belle ép.

132 — Le petit orfèvre. B. 123. Très-belle ép.

133 — Mendiante. B. 168. — Gueux B. 179. 2 p.

134 — Gueux assis au bas d'un mur. B. 173. Très-belle ép.

135 — Jean Silvius. B. 266. Très-belle ép.

136 — Tête d'homme chauve. B. 292. La planche coupée.

137 — Vieillard à tête chauve. B. 298. Très-belle ép.

138 — Vieille femme assise. B. 344.

139 — Abraham France, le jeune Harring, Jean Lutma, Pierre et Jean à la porte du Temple. 4 p.

140 **Ribera** dit l'Espagnolet. Saint Jérôme étonné par l'ange qui sonne de la trompette. B. 4.

141 — Le poëte. B. 10.

142 **Robetta**. Jeune homme attaché par l'Amour.

143 **Rode**. Sujet sur sa mort. — Adam et Ève. 2 p.

144 **Rodermont**. Esaü cédant son droit d'aînesse. — La jeune fille au mopse, par *Schmidt*, d'ap. Flinck.

145 **Roos** (J.-H.). Le buste en bas de la Pyramide. B. 12. Très-belle ép. avant le numéro.

146 **Rubens** (D'ap.). Sainte famille au mouton avec Martin Vanden Enden.

147 — Tableaux de la galerie du Luxembourg. Les Grâces président à l'éducation de la reine. Superbe ép. avant toute lettre. — Et 8 pièces avant les numéros. 9 p.

148 — Chasse au sanglier. C. Van Merlen ex.

149 **Schut** (C.). Sujets de Vierges, et mythologiques, etc. 11 p.

150 **Silvestre** (Israël). Eglise Notre Dame vue de la Grève. — Le palais d'Orléans, côté du jardin. Ces 2 p. ont toute leur marge. — Faubourg et église Saint-Victor. 3 p.

151 — Château de Richelieu sur le parc, et le parterre. 2 p. superbes et toute marge.

152 — La maison de Saint-Cloud à M. le duc d'Orléans. — La maison de Gondy à Saint-Cloud. 3 p. très-belles avec marge.

153 — Le château de Rincy, côté du parterre et côté des offices. 2 p. superbes, toute marge.

154 — Château de Coulommiers, perspective, et côté du jardin. 2 p. très-belles, toute marge.

155 — Château de Blérancourt. 2 p. superbes, toute marge.

156 — Château de Berny. 2 p. très-belles, toute marge.

157 — Châteaux de Maisons. — de Saint-Maur. 2 p.

158 — Croissy près Saint-Germain-en-Laye. — La Ferté-Milon. — Gros-Bois. — Verneuil. 4 p.

159 — Châteaux de Brèves, — Fresnes, — Frémont, — Verger, — Bourbon-l'Archambault. — Eglise Saint-Pierre à Montpellier. 6 p.

Masson forte Milon 3
seul

Sol. 2
[illegible]

Sol. 2
lepoisson de pierre

Sol. 6

Sol. [illegible]

Hoquet 8
Drug 6 —

Drug 6

Drug 2 50

160 — Le pont de pierre de Rouen. — Le vieux château. 2 p.

161 — Vues de Nancy. 5 p. très-belles.

162 — Porte de Mars à Reims, châteaux d'Irrois et de Pont-en-Champagne. 4 p. très-belles.

163 — Château et bourg de Tanlay. 4 p. très-belles.

164 — Ancy-le-Franc et les minimes de Tonnerre. 3 p.

165 — Vues de Lyon. 4 p. très-belles.

166 **Smees**. Paysages. 2. — Rogman. 2. — **Zeeman**. Marine. En tout 5 p.

167 **Solis** (Virgile). Le bain des Anabaptistes. Jolie pièce gracieuse, collée.

168 **Swanevelt** (H.). Vue d'une eau acéteuse hors de Rome. B. 56. Très-belle ép. 1er état, avec *c.r.*

169 — La fileuse et les bœufs. B. 78. — Le cardinal. 83. — Le pain distribué aux pauvres. 93. — Vénus présentant à Diane l'Amour et Adonis. 103. Ces 3 dernières sont en 1er état. 4 p.

170 **Uden** (Lucas Van), d'ap. Titien. Le diable chassé par une sainte qui est sur un dôme. B. 52. Très-belle.

171 **Uytembrouck** (Moïse). Bethzabée au bain. — La vieille, par *Schmidt*, d'ap. Rembrandt. 2 p. très-belles.

172 **Velde** (Adrien Van de). Les chiens. B. 9. Papier à la folie. Très-belle ép.

173 **Vischer** (C.). Buste de femme la main sur la poitrine, d'ap. Parmesan. Superbe ép.

174 — D'ap. Rubens. La vieille à la chandelle. Basan III, page 118. 47. Superbe ép.

175 **Vlieger** (Simon de). Les dindes. Très-belle ép.

176 — Les oies. B. 17. Ep. avec une petite marge.

177 — Les chèvres. B. 19.

178 **Vliet** (Van). Les métiers. 10 p. Superbes ép.

179 — Le goût. — L'odorat. — Le toucher. Avant et avec Clément de Jonghe. — Les joueurs et la mort de *Livius*. 5 p.

180 **Vorsterman**. La chute des anges, d'ap. Rubens. Très-belle ép.

181 **Waterlo**. Le chariot sur le chemin de Scheveningue. B. 15. — L'échelle conduisant à l'eau. 16. Ces 2 p. papier à la folie. — L'homme couvert d'un manteau. 43. — La porte de la haie. 44. — Le dormeur. 49. — La grande chute d'eau. 75. — Le moulin à eau. 94. 7 p. anciennes et belles ép.

182 — La mère et ses trois enfants en repos. 122. — Apollon et Daphné. 126. — Vénus et Adonis 129. — 3 p. Très-belles ép.

183 **Weirotter**. Village près de Bruxelles et autres. 2 p.

184 **Wyck** (Thomas). La fileuse au fuseau. B. 1. — Les joueurs. B. 2. — La causeuse. B. 3. 3 p.

185 **Wyngaerde**. Achille reconnu à la cour de Lycomède, d'ap. Van Dyck. Superbe ép.

186 **M. Z.** (Martin Zingel.) Martyre de saint Sébastien. B. 4.

187 — La décollation de sainte Catherine. B. 8.

188 — Lueur et obscurité. B. 21.

189 **Pièces historiques.** La Coste au carcan. — Enlèvement de Mlle de Mégrigny. — Apothéose de Mirabeau, etc. 6 p.

Beloud 5

Hocquet 15 Dury 25

Hocquet 12 Dury 25

Dury 25

Dury 30

Lecture 6

190 — Feux d'artifices donnés par la ville de Paris. 8 p.

191 — Expériences par M. Mongolfier et autres. 5. — Prise de la Bastille, etc. 9 p.

PORTRAITS

192 **Anonyme**. Louis XIII. — Anne d'Autriche, étant jeunes. 2 petits portraits coupés en ovales. Rares.

193 **Ardell** (Mac). Lady Campbell, — M. Beard, — et Christian VII, roi de Danemark, par Houston. 3 p.

194 — Charlotte, reine de la Grande-Bretagne. Profil in-fol. Manière noire.

195 **Aubert**. Louis XV à cheval, in-fol., d'ap. N. Lesueur. Superbe ép., grande marge. — Louis, duc de Bourbon, in fol., par *Gautrel*, d'ap. Le Dart. 2 p.

196 **Bolswert**. Marg. de Lorraine, duchesse d'Orléans, épouse de Gaston, d'ap. Van Dyck, in-4. Belle ép., marge.

197 **Bolswert** (S.-A.). Juste Lips. — Paul de Vos. — Sébastien Vrancx. — Déodat Delmont, par *Vorsterman*. 4 p.

198 **Cossin**. J.-Dom. Cassini, astronome. Superbe ép. avant toute lettre, le nom était à l'encre, in-4. Marge.

199 **Daullé**. Le Dauphin, né le 4 septembre 1729. Enfant, in-fol., d'ap. S. Belle. Très-belle ép.

200 — Mme Favart, rôle de Bastienne, in-fol., d'ap. Vanloo.

201 — J.-B. Rousseau à mi-corps, in fol., d'ap Aved. Très-belle ép.

202 **Drevet**. Marie Cadesne, femme Desjardins, petit in-fol. — Mlle Marie de la Vallière, in-4, chez Jollain.

203 — Cardinal de Fleury, in-fol. — Claude de Saint-Simon, évêque de Metz, in-fol., par *Daullé*. Ces 2 port. d'ap. Rigaud.

204 **Dyck** (A. Van). Erasme de Rotterdam. Belle ép.

205 — François Franck, peintre. Belle ép.

206 — Judocus de Momper, peintre. Belle ép.

207 — Adam Van Noort, peintre. Belle ép.

208 — Juste Suttermans, peintre. Belle ép.

209 **Edelinck**. René Descartes, in-4, d'ap. Hals. Très-belle ép.

210 **Edelinck** (Gérard). Grégoire de la Forge, général de tous les ordres de la Sainte-Trinité et Rédemption des captifs, in-fol. Superbe ép. Rare.

211 **Edelinck** (Jean). J. André, comte de Morstin, grand trésorier du royaume de Pologne, in fol. Superbe ép.

212 **Falck**. Louis de Geen, petit in-fol. — Mazarin, in-fol., par M. Lasne ? — Lamothe Houdancourt avec fig. allégoriques, in-fol. 3 p.

213 **Ficquet**. Marquis de Chennevière, in-8. Superbe ép. avant l's au mot *sincère*.

Michel 6

[illegible] 3.

Michel 2.

Bitchfield 7. Michel [illegible]

Dring 20

Michel 5

Michel 5

214 — Françoise d'Aubigné, marquise de Maintenon, in-8. Très-belle ép., grande marge.

215 **Frey** (J.). Clémentine, reine de la Grande-Bretagne (*ad vivum*). Beau port. in-fol.

216 **Gaillard**. François Castanier. in-fol., d'ap. Rigaud. Très-belle ép.

217 **Goltzius** et autres (H.). Jean Boll, peintre. — Ch de Longueval. — Fr. Barberini. 3 p.

218 **Grignon**. Cath. de Neuville, fille du maréchal de Villeroy, âgée de 13 ans, 1651. Superbe ép. gr. in-4.

219 **Hollar**. Elisabeth Villiers, duchesse de Lenox, avec *J. Meyssens*.

221 **Houstou**. Mrs Jones, avant la lettre. — Mrs Jordan, rôle de Country Girl, par *Ogsborne*. 2 p.

222 **Jode** (P. de). P. de Jode junior. — Jacques Jordaens. — Charles de Mallery, par *Vorstermans*. — Lucas Vorstermans. 4 p.

223 **Lemire**, Louis XV et Henri IV. Très-petits médaillons réunis, in-8 en travers, grande marge. — Delarive, par *Saint-Aubin*, in-8. — Louis XVI, in 8, par Mlle *Savart*. 3 p.

224 **Lempereur**. Marguerite Lecomte, des académies de peinture, etc , in-4, d'ap. Watelet.

225 **Lenfant**. Vincent Hotman, intendant des finances, in-fol Superbe ép.

226 — Michel le-Masle, prieur des Roches, in-fol. — François Tallemant de Valchrétien, in-fol. 2 p.

227 — Fr. Th. de Nesmond, président, in-fol., d'ap. Dieu. Belle ép.

228 **Le Pastre** (Jean). Son portrait dans un cadre entouré d'amours, avec fig. allégoriques, petit in-fol. en travers. — Perronet (J.-R.), in-4, profil, par *Desprez*. 2 p.

229 **Lépicié**. Louis de Boullogne, peintre, in-fol. d'ap. Rigaud. Belle ép.

230 **Leu** (Th. de). Charles de Bourbon Soissons. — H. de Bourbon Condé, âgé de 9 ans. 2 p. in-8. — Louis XIII couronné, sur son trône, titre Mémoires des Gaules, in-4, par *Jaspar Isaac*. 3 p.

231 — Fr. de Bourbon Conti. — J.-L. de Lavalette, duc d'Espernon. — Charles de Lorraine. — François, duc d'Anjou. 4 p. in-8.

232 — Louise de Budos, femme du conestable. — Louise de Lorraine. 2 p. in-8.

233 **Lombart**. P. Massiat, conseiller, in-fol., d'ap. Lefevre. Superbe ép.

234 — Comte et comtesses, d'ap. Van Dyck, 6 p. Belles ép.

235 **Masson**. Marie de Lorraine, duchesse de Guise. R. D. 32. Superbe ép. avant le lapin.

236 **Meerlen ?** Catherine de Harlay, femme de Louis de Moy de la Meilleraie. Très-belle ép. grand in-4.

237 **Morin**. Guido Bentivoglio, cardinal, d'ap. Van Dyck. Très-belle ép. R. D. 43

238 — Saint Charles Borromée, R. D. 45. Très-belle ép.

239 — Th. Brachet de la Milletière. R. D. 48. — Jacques Le Mercier, architecte. R. D. 69, d'ap. Champagne, 2 p. Très belles.

Schauny
conute

15/

Dreuy 30 × 45/

Dreuy 12

Michel 10

Michel 5

Michel 3

Michel 5

Michel 5

Michel 4

Michel 4

Michel 4

Michel 7

240 — Jérome Franck, peintre. R. D. 52. Très-belle ép.

241 — Honorine Grimberghe, comtesse de Bossu. R. D. 56. Ep. du premier état avec le nom de Van Dyck.

242 — Henri de Lorraine, comte d'Harcourt. R. D. 58.

243 — Marguerite Lemon, d'ap. Van Dyck. R. D. 62.

244 — Michel Le Tellier. R. D. 76. Très-belle ép. marge.

245 — Christophe de Thou. R. D. 78. Très-belle ép.

246 — François de Villemonté, évêque de Saint-Malo. R. D. 86. Très-belle ép.

247 **Nanteuil.** Anne d'Autriche, buste grandeur naturelle. R. D. 23. Belle ép.

248 — F. de Clermont-Tonnerre, évêque de Noyon. R. D. 68. Ép. du premier état, *très-rare.*

249 — Pierre du Cambout, cardinal de Coislin. R. D. 69. Premier état, 1658.

250 — Jean Dorieu, président en la Cour des Aides. R. D, 84. Belle ép.

251 — Hip. Feret, grand vicaire de Paris. R. D. 95. Ép. du premier état.

252 — Melchior de Gillier, maître d'hôtel du roi. R. D. 102. Belle ép.

253 — L. Hesselin, maître de la Chambre aux deniers. R. D. 110. Belle ép., goût de Mellan.

254 — Pierre Lallemant, prieur de Sainte-Geneviève. R. D. 117, Belle ép., marge.

255 — Guillaume de Lamoignon, R. D. 120. Très-belle ép.

256 — Jean Loret, auteur de la *Muse historique*. Superbe ép , in-4, avant la virgule. R. D. 150. Rare.

257 — Jean-François Sarrazin. R. D. 220.

258 — Pierre Seguier, chancelier. R. D. 222.

259 **Neeffs**. Van Dyck par lui-même, autre anonyme. Simon Vouet, par *Vorst*. — Seghers, par *Vorsterman*. 4 p.

260 **Petit**. Le Dauphin, né le 4 sept. 1729, in-fol. en pied. — à mi-corps, in-4, par Thomassin. 2 p.

261 **Pitau**. Th. Bignon, maître des requestes, in-fol., d'ap. Champagne. Belle ép.

262 — Alexandre Petau, in-fol., d'ap. Lefèvre. Sup. ép.

263 **Pontius**. Philippe IV, in-fol., d'ap, Rubens.

264 **Preisler**. Ch. Amélie Van Plessen, en pied. Beau portrait d'ap. Vahl, in-fol.

265 **Regnesson**. P, Gargant, intendant des finances. Superbe ép., in-4, grande marge.

266 **Saillar**. Helena Forman, femme de Rubens, en pied, d'ap. Van Dyck, in-fol. Sup. ép. avant la lettre.

267 **Saint-Aubin** (Aug. de). Le Kain, in-fol. Très-belle ép., avant la lettre, les noms à la pointe.

268 **Savart**. D'Alembert, in-8. Superbe ép. avant toute lettre, marge.

269 — Colbert (J.-B.). in-8. Très-belle ép. avec adresse, barrière de Fontarabie.

270 **Schiavonetti**. La reine de Prusse et madame la princesse Louis de Prusse, en pied, d'ap. Tischbein. in-fol.

Michel 15 Degous 10 Dubois 30/40 x 20/

Michel 4

Michel 5

Lehaussy 6

Michel 8

Michel 10

Hocquet 8

271 **Schmidt** (G.-F.). Pierre Mignard, peintre, in-fol., d'ap. Rigaud. Superbe ép. avant l'astérisque.

272 **Sompel**. Ferdinand, frère de Philippe IV, d'ap. Van Dyck, in-fol., entouré de fleurs et de fruits. Très-belle ép.

273 **Stock**. Pierre Snayers, peintre, in-4, d'ap. Van Dyck· Belle ép., marge.

274 **Worsterman**. Judocus de Momper. — Corneille Sachtleven. — Pierre Stevens. — Martin Pépin, par *Bolswert*. 4 p.

275 **Walker** (W.). Sir Walter Scott, in-fol. Belle ép.

276 — Sir Balt. Gerbier et sa famille, in-fol. en travers, d'ap. Van Dyck. Belle ép.

277 **Watson**. Georges, prince de Wales et son frère. — Jeune fille avec chandelle. — Et Vierge de Smith. 3 p.

ECOLES DU XVIII° SIÈCLE

278 **Beaudouin** (d'ap.). Annette et Lubin. — L'heureux moment, d'ap. Lavreince. 2 p.

279 **Bertin** (d'ap.). La gaîté de Silène. Sup. ép., toute marge.

280 **Boucher** (d'ap.). Vertumne et Pomone. Sup. ép. avant toute lettre.

281 — La chasse, par *Beauvarlet*. Sup. ép., grande marge.

282 — La pêche. Très-belle ép. avant toute lettre.

283 **Boucher** (d'ap.) Sylvie délivrée par Aminte, par *Gaillard*. Superbe ép., grande marge.

284 — Les Muses Clio. — Erato. 2 p. par Daullé, dédiés à Mme de Pompadour. Superbes ép., marges.

285 — Naissance d'Adonis, par *Scotin*. — Mort d'Adonis, par *Aubert*. 2 p, très-belles.

286 **Challe**. Femme nue lavant ses pieds, eau-forte pure et terminée. — Deux sujets de bergeries d'ap. Boucher. 4 p.

287 **Chardin** (d'ap.). Le château de cartes, par Filleul. Très-belle ép., grande marge.

288 — La Maîtresse d'école par Lépicié. Très-belle ép., marge.

289 — L'économe, par Le Bas. Très-belle ép.

290 **Chereau**. Lavement des pieds, d'ap. Bertin. Sup. ép. avant toute lettre, marge.

291 **Denon**. L'Amour dormant surpris par des nymphes. Sup. ép. à l'eau-forte.

292 **Denon** et autres. Sujets d'après les maîtres. Croquis à l'eau-forte. 33 p.

293 **Greuze** (d'ap.). La philosophie endormie. C'est le portrait de Mme Greuze en pied, par Aliamet. Très-belle ép.

294 — La bonne éducation, par Moreau et Ingouf.

295 — Jeune fille pleurant son oiseau mort, par Flipart.

296 — La Maman, par Beauvarlet. Très-belle ép.

297 — Jeune mère défendant à son garçon de réveiller son petit frère avec sa trompette. Très-belle ép., par Jardinier.

Floquet 10

Floquet 14

Floquet 7

Floquet 7

Michel.

Masson 1.5 Comb. 16.50 Michel 25 Hocquet 10

298 — La savonneuse, par Danzel. Très-belle ép.

299 — Le paralytique servi par ses enfants. Grand in-fol.. par *Flipart*. Sup. ép., marge, *signée* au dos par les artistes.

300 **Jeaurat**. L'amour petit maître. Jolie pièce d'ap. son frère, très-belle ép.

301 **Jegher** (Christophe). L'enfant Jésus auquel saint Jean amène un mouton. — Jésus tenté sur la montagne. 2 p. en bois d'après Rubens. Très-belles.

302 **Lancret** (d'ap.). Le berger indécis, par J. Tardieu. Très-belle ép. d'une jolie p. Rare.

303 — Mlle Dangeville la jeune. In-fol. par Le Bas. Très-belle ép.

304 — Grandval par Le Bas. Très-belle ép.

305 **Lavreince** (d'ap.). Qu'en dit l'abbé, par N. de Launay. Superbe ép., grande marge.

306 **Massard**. 1772. Étude du tableau de la dame de charité, d'ap. Greuze. La composition est au-dessous.

307 **Natoire**. Groupe d'enfants représentant l'Été, eau-forte pure. — L'automme par *le Hardy de Famars*, d'ap. Eisen. 2 p.

308 — Les saisons : le printemps, l'été, l'automne, l'hiver, quatre groupes d'enfants, terminés par Aveline. Très-belles ép., marge.

309 **Natoire** (d'ap.). L'Air. — Le Feu. — La Terre. — 3 p. Allégories gracieuses, ovales équarris en travers. Très-belles ép.

310 **Picart**. Petits costumes de dames, hommes et arlequin, vers 1704. — 38 p. In-8.

311 **Pieroleri**. 1759. Betsabée au bain, d'après S. Ricci, sujet gracieux. Très-belle ép.

312 **Porporati**. Vénus caressant l'Amour. Jolie p. gracieuse, belle ép. avant la lettre, *Porporati* à la pointe.

313 **Prud'hon** (d'ap.). Aminta. — Abrocome. — La loi. — l'égalité. 1 p.

314 **Queverdo**. (d'ap.). Les charmes du printemps. — Le dangereux modèle. — L'école de l'Amour, d'ap. Lebrun. — Les amusements champêtres d'ap. Eisen. 4 p.

315 **Schenau** (d'ap.). Deux jeunes filles regardant des tourterelles. Sup. ép. avant la lettre, toute marge.

316 **Strange**. 1777. Cleopatra, d'après Guido Reni. Très-belle ép. d'une belle pièce gracieuse, marge.

317 **Watteau** (d'ap.). Le malade poursuivi par la faculté, camp volant, la chute d'eau, le marais, l'abreuvoir, les délassements de la guerre. 6 p. belles.

318 — Les entretiens badins, par B. Audran.

319 — La Sultane, par B. Audran. Sup. ép. grande marge.

320 — Le bain rustique, pièce gracieuse, par A. Cardon. Très-belle ép.

321 — Le sommeil dangereux, par M. Liotard. Satyre surprenant Diane et une nymphe endormies. Magnifique ép., toute marge.

322 — Louis XIV mettant le cordon bleu à M. de Bourgogne, par Larmessin. Très-belle épreuve, marge.

Floquet 12 (Mimaut 3
Cornulade

Floquet 8 · ~~[illegible]~~
· Courd 6 50

Michel 6 Morgan 8

Philippot 3

Comb. 15 50 Michel. 5

B. 7. 5

7 1

Degans

Degans 14

Degans 25

les

22

pièces

Degans 7

Naugin 4. Degans

323 — L'accordée de village, par de Larmessin. Magnifique ép., marge, grand in-fol.

324 **Wille**. Le petit physicien, d'ap. Netscher. Très-belle ép.

PIÈCES EN COULEUR

325 **Alix**. William Pitt. Petit in-fol. en couleur, ovale équarri.

326 **Chapuy**. La confédération, en couleur, en forme d'éventail, etc. 4 p.

327 **Demarteau**. Mme Geoffrin, profil à la sanguine d'ap. Cochin. In-4.

328 — Emblèmes d'amour et de fidélité pastorale, d'ap. Huet et Boucher, etc. 6 p. Sanguine.

329 — Groupe d'enfants : les savoyards, berger. 3 p.

330 — Vénus nue assise, entourée d'Amours. Charmante pièce gracieuse, sanguine, toute marge.

331 **Guyot** et autres. Vues diverses de Paris, la plupart forme ronde. Petit in-4 en couleur.

332 **Janinet**. Vues des Invalides. 4 p. ovales en couleur. Très-belles, toute marge.

333 — Le Palais Bourbon, la Bourse. 5 p. en couleur.

334 — Palais-de-Justice, Sainte-Chapelle, château des Tuileries. 5 p. ovales en couleur.

335 — Place Vendôme, des Victoires, Hôtel des Monnaies, les Quatre-Nations. 4 p. ovales en couleur.

336 — Les Capucins, Val-de-Grâce. 4 p. en couleur.

337 **Lucien**. Sujets de Vénus et l'Amour. 3 p. à la sanguine.

338 **Sergent**. Mr. Necker. In-4 en couleur, ovale équarri, avec bas-relief au bas.

339 Caricatures sur les Anglais, les jolies femmes, le bon genre, costumes, etc. 18 p. coloriées. Pourra être divisé.

340 Costumes de Debucourt, le billet doux, baisez maman, elle le suit, tenez-vous droit, la phrase changée, et merveilleuse, d'ap. H. Vernet et autres. 17 p. coloriées.

MINIATURES & DESSINS

341 **Miniatures**. Dame nue à mi-corps en Vénus, au fond l'Amour tenant une flèche. Médaillon rond.

342 — Mme de Pompadour? Coiffure poudrée, manteau et ruban bleu. Médaillon rond.

343 **Ecole allemande ancienne**. Jugement de Salomon, entouré d'écus d'armes en blanc.

344 **Ecole allemande et Flamande**. Breughel. Spanger, Diepenbeke, etc. 6 p.

345 — Dietsch et Thiel. Deux dessins à l'encre.

346 — Jeune écuyer tenant un cheval. Crayon noir.

347 **Ecole Flamande**. Port de mer. A la plume.

348 — Elseimer, Faber et autres. 3 p.

349 BERGHEM. Rocher à la sanguine, et fac simile, bergers. 2 p.

350 BREEMBERG. Ruine. A la plume et lavé.

Michel 15

Michel 13

Horgues 13

Horgues 13 M France 25

(Horgues 2/50 a 3)

Lorgues B

351 GRAVE (Josué de). Ville de Dalen 1670. A l'encre.

352 STRAATER fils (Van der). Château d'eau monumental avec ponts sur un bassin circulaire avec promenade sur l'eau. A l'encre.

353 **Ecole Italienne.** La mort de Saphire. A la plume.

354 — Sainte Famille. A la sanguine.

355 — Étude d'arbre de Bolognese, et paysage anonyme. A la plume.

356 — Lucas Penni, Cigoli, etc. 5 dessins.

357 — Tempeste et autres. 4 dessins.

358 — Vaisseau orné pour une fête nautique. A la plume.

359 — La charité romaine, figures de plafonds. 3 dessins.

360 — Soldat cuirassé, dans une position d'exercice. Crayon noir.

361 — Moine à genoux. Crayon noir et sanguine.

362 — Ornement, demi-plafond. A la plume.

363 — Anges tenant les attributs de la Passion. 4 dessins à l'encre.

364 BAROCHE. Études de tête aux trois crayons.

365 BARTOLOZZI d'ap. Guerchin. Mars, Vénus et l'Amour. A la plume.

366 CAMPI (Bernardino). La musique. Croquis à la plume. Études par Empoli. Deux dessins.

367 CARRACHE (A.). Monument avec galerie et colonnades réunis et en perspective. Au bistre.

368 GENGA. Triomphe de Silène. Frise à la plume et bistre.

369 GUIDO RENI. Tête de jeune femme. Crayon noir relevé de sanguine.

370 JOSEPIN. Monument avec statue. Au bistre. Anges voltigeant. A la plume. 2 p.

371 JOSEPIN? La Madeleine. Crayon noir et sanguine.

372 LA BELLE. Groupes de cavaliers. Plume et encre 4 p.

373 PARMESAN. Études de têtes, à la plume. Étude de Vierge, au crayon. 2 dessins.

374 PIRANESI. autel, armes et armures. Au bistre.

375 — Autel avec grande frise pour soubassement. A l'encre.

376 POLYDORE de Caravage. Bas-relief. Au bistre rehaussé de blanc avec la gravure.

377 ROMAIN (Jules). Bataille navale. Au bistre. (Attribué.)

378 ZUCCARO. Scène d'hommes. A la plume.

379 **Ecole française**. Marvy, Drouais, Lallemant, etc. 7 dessins.

380 — Têtes de jeunes filles. Crayon noir, sanguine, 2 p.

381 — Leramberg, par Muller, Moitte et Simon Vouet. 3 portraits

382 — Les disciples d'Emaüs. Beau dessin à l'encre.

383 — Plafond, allégorie la Justice, la Vérité, etc. Au bistre.

384 — Apothéose d'un saint dans une gloire d'anges, plafond. A la sanguine.

385 — La place de Saint-Pierre à Rome. — Péristyle de palais. Deux dessins à l'encre.

locques 3

locques 6

locques 7

Hoquet 7

Hoquet 8

386 — Intérieur et escalier d'un temple A l'encre de Chine.

387 — Intérieur de chapelle. A l'encre de Chine et bistre.

388 — Entrée de palais, salle de Minerve. A l'encre.

389 — Bas-relief, trois portraits de rois soutenus par deux anges. A l'encre.

390 BOUCHER. Groupes d'Amours, composition de nymphes. Deux dessins sanguine.

391 BOUCHER (d'ap.). Tête de jeune fille. Aux trois crayons.

392 DELATOMBE, etc. Vue de Versailles et autres. 3 aquarelles.

393 DEMACHY. Intérieurs de parcs. 2 aquarelles.

394 ECKARD, 1767. Etude de main et autre. 2 dessins.

395 FRAGONARD. Pendule monumentale. Allégorie en bistre.

396 — Scène de berger donnant un nid à sa bergère.

397 — Etude sanguine. — Etude de femme, par Mlle Chardin, d'ap. Boucher. Sanguine. 2 dessins.

398 GAULTIER (Léonard). Jésus. — Marie, en buste. 2 dessins en bistre et plume imitant la gravure.

399 GREUZE. Tête de femme, vieillard. 2 dessins. Sanguine.

400 — Académie de jeune fille, têtes. 4 contre-épreuves de dessins.

401 LADMIRAL (Jean). Pan croyant tenir Syrinx qui s'échappe des roseaux. Composition gracieuse à la plume lavée.

402 **LAFAGE**. Construction de l'arche. — Les Nymphes mettant le feu au vaisseau de Télémaque, par Marlet. 2 dessins.

403 **LAGRENÉE**. L'oiseau chéri. — Le minet. 2 jolies compositions de femmes couchées, crayon noir relevé de sanguine et de blanc.

404 **LARUE (De)**. Le triomphe, le cerf-volant. 2 ovales. Jeux d'enfants; nombre d'amours offrant des fruits à la statue d'une déesse. 3 dessins au bistre.

405 **MOREAU**. Marine, ruines et bas-relief de Gosse.

406 **MARILLIER** et autres. Sujets de Clorinde et autres. Petits sujets pour illustrations.

407 **MAROT (Daniel)**. Minerve formant la partie postérieure d'une voiture. A l'encre.

408 **SAINT-AUBIN** (Attribué à). Concert à deux personnes. — Bacchus et Erigone. 2 aquarelles.

409 **WATTEAU** fils Costume de dame en pelisse fourrée, vue de dos. Mine de plomb.

410 **VERDIER**. Scène académique de trois hommes et figure académique de *Margue*. 2 dessins.

Renou et Maulde, imprimeurs de la Compagnie des Commissaires-Priseurs
rue de Rivoli, 144. 27755

[illegible] 12

[illegible] 8

27755

600 Catal 158

environ 40 Étranger	4	60
114 France	6	85
46 Paris nouveau	2	80
333 Lorgues		
34 fromm Paris	2	[illegible]5
transport à l'hotel	2	50
	18 -	80

. Vente Loiselet

							328 25
8 Sacre 3 p.	Giselet	6		171 la Vieille de Schmidt	Druguelin	2	
8 Bain bulle	Hocquet	3		172 Velde les chiens	Druguelin	3	
2 Boisine Charlatan	Muraux	6		181 Waterlo	Druguelin	16	
5 annonciation	Druguelin	5		182 —	Druguelin	13	
fille d'aglaure	Mainzeck	6		186 M. Z. S Sebastien	Druguelin	6	
0 Bosse signature	Soleil	5	50	187. S Catherine	Druguelin	6	
11 repas	Soleil	6	50	— 72 lithog		1	50
12 3 p.	Soleil	15		36 p. dive		1	50
45 Bath	Bouctot	31		25 Bonington Bonargue		3	50
0 Callot Enfant prodigue	Dehague	15	50	Galerie des arts		10	
52 jeu de boule	Hocquet	3		194. Charlotte	Dub. Dubois	2	
7 Durer Vierge	Drug	19		195 L. XV. Bourbon		1	
60 oisiveté	Si Hocquet	8		196 Marg. de Lorraine	Leclerc	4	
1 Falck adoration		4		200 Favart	Michelot	3	
74 Fialetti	Hocquet	9	50	201 J.B. Rousseau	Maugin	3	
75 Flamen avec		4		202 2 port.	Michelot	3	
93 Leyde	Hocquet	8		209 Descartes	Michelot	7	50
95 S Christophe	Hocquet	3		210 Greg. de la forge		3	50
96 3 p.	Hocquet	7		211 Norstein	Drug	6	
97 Maillot Sacre	Giselet	15		213 Chenevière	Michelot	5	
102 Mecken	Druguelin	13		214 Maintenon		2	25
103 Meulen	Hocquet	4		224 Marg. Lecomte		1	75
106 Nainsignik	Wismes	10		228 Lepaute		3	25
107 —		6		233 Massiat		2	
124 Rembrandt	Druguelin	10		234 Comte	Dechaussy	1	50
125 . denier de César	Si Hocquet	2	50	237 Bentivoglio	L. —	41	
126 . Samaritaine	Druguelin	38		239 Milletière, Mercier		19	
128 . Samaritain	Druguelin	22		240 Franck		12	
132 . petit orfevre	Hocquet	4		241 Grimberen		7	50
135 . Sylvius	Druguelin	20		248 Clermont-Tonnerre	Michelot	5	
139 . France 4 p.	Druguelin Hocquet	5		249 Cambout	Michelot	3	
152. Silvestre S Cloud		2	25	250 Dorien	Michelot	5	
158 ferti milon	Masson	2	50	252 Gillier	Michelot	3	
159 Bourbon l'archambault	Soleil	1		253 Hesselin	Michelot	4	
160 pont de Rouen	Soleil	1		255 Lamoignon	Michelot	3	
161 Nancy	Soleil	3		257 Sarrazin	Michelot	2	
165 Lyon	Soleil	4		258 Seguier	Michelot	3	
		328	25			547	00

547

262	A Petan		1 75
267	Lekain	Michelot	6
272	ferdinand		1 50
278	Beaudonn	Hocquet	3 50
292	Denon	Hocquet	13
296	La Maman	Hocquet	6
303	Dougerville		15
305	Drien dit l'abbé	Michelot	21
324	Wille	Hocquet	6 50
327	Geoffrin	Combrouse	6
331	5 guyot	Berger	5
336	Capucin	Mangin	4
340	17 Costume	Michelot	10
341	Miniature	Hocquet	5
356	5 Dessins	Hocquet	2
369	Grisor	Hocquet	3
370	Josephin	Hocquet	3
379	7 Dessins	Hocquet	3
390	2 Boucher	Hocquet	2
396	Fragonard	Hocquet	3
408	S. aubin	Hocquet	8
			676 25
			33 85
			710 10

M Dubois 59
2 90
61 90

710 10
61 90
772 00

www.ingramcontent.com/pod-product-compliance
Ingram Content Group UK Ltd.
Pitfield, Milton Keynes, MK11 3LW, UK
UKHW021313190726
13839UKWH00007B/1215

9 782329 475035